CUENTOS CRISTIANOS VOL. II

RL
Producciones literarias

Referencias bíblicas ·

Prefacio

Ser un verdadero cristiano es mucho más que un título, es más que seguir un conjunto de reglas, es mucho más que las apariencias.

Ser un verdadero cristiano es reconocer la dependencia de Dios en todas las cosas. Reconocer la necesidad de estar con Él, y reconocer el cuánto Dios es maravilloso.

Aquellos que conocen a Dios verdaderamente mantienen su fe en la providencia divina y al mismo tiempo, saben su responsabilidad para llegar a una vida plena y feliz.

El verdadero cristiano está siempre dispuesto a seguir el buen camino. Él siempre piensa en aquello que agrada a Dios y lo busca con todo el corazón.

Seguir este camino no es una tarea fácil, pues, siempre hay influencias contrarias. Pero aquel que tiene Dios tiene la fuerza, la resistencia y la victoria.

Tabla de contenidos

¿Es esta la boda de mis sueños?

"De igual manera, ustedes esposos, sean comprensivos en su vida conyugal, tratando cada uno a su esposa con respeto, ya que como mujer es más delicada, y ambos son herederos del grato don de la vida. Así nada estorbará las oraciones de ustedes." (1 Pedro 3:7)

Una mujer blanca con piel bronceada, con aproximadamente treinta y cinco años, estaba sentada en una cama matrimonial. Ella vestía una bata de noche a la moda antigua, holgada, larga, con mangas y tejido de algodón. Ella estaba peinando su cabello negro liso que iba hasta los hombros. Ella pretendía poner una gorra para preservarlo durante la noche.

Ella se levantó, tenía altura mediana, y abrió la puerta de un gran guardarropa. Ella sacó una gorra negra y la puso en la cabeza.

Ella fue hacia la cama, quitó el edredón, apagó la luz y se acostó.

Después de unos minutos, la puerta de la habitación se abrió violentamente. Y alguien encendió la luz. Era un hombre blanco, con piel bronceada, con aproximadamente cuarenta años. Él tenía un poco de sobrepeso y una altura mediana.

La mujer apenas lo miró por causa de la luz en sus ojos. Él tenía una barba de tres días y cabello corto marrón oscuro necesitando ser cortado. Ella dijo con voz somnolienta:

—Ramón, estaba casi durmiendo. ¿Qué deseas?

Él dijo en tono de broma:

—Fernanda, sabes lo que quiero. ¡Tú!

—No quiero sexo hoy. Estoy muy cansada.

Él dijo en tono serio:

—Estás cansada, pero yo no.

Ella suspiró y dijo:

—No estás cansado porque solo tienes tu trabajo. Tengo que trabajar y hacer todo en casa.

Él sonrió y dijo:

—El trabajo doméstico es para las mujeres, no para los hombres.

Él se sentó en la cama y empezó a quitarse la ropa. Fernanda dijo:

—¿Crees que vamos a tener sexo?

Él dijo en tono serio:

—No creo. Estoy seguro de que vamos a tener sexo.

Fernanda respondió con voz desanimada:

—Pero no estoy suficientemente bien para hacerlo.

Ramón se acostó sobre Fernanda y dijo:

—No te preocupes. Voy a terminar y usted puede dormir.

Fernanda suspiró y dijo:

—Vale.

Ellos tuvieron sexo. No fue bueno para Fernanda, porque ella no quería. Ramón la trató como a un juguete. Él hizo lo que quería y durmió. No había romanticismo ni amor involucrado.

Al día siguiente, durante el desayuno, ellos estaban en la cocina. Ramón estaba con un traje, él estaba sentado y utilizando el móvil mientras comía.

Fernanda vestía la bata de noche y estaba cocinando algo en el fogón.

Ella tomó un plato de vidrio para servir a Ramón, pero él estaba distraído y se levantó sin percibir lo que ella estaba haciendo. Él tocó en el plato y un poco de comida ensució su traje.

El plato cayó al piso y se rompió en muchos trozos. Él

dijo muy nervioso:

—¿Qué demonios estás haciendo? ¿Estás ciega?

Fernanda se asustó y dijo:

—Perdóname. No he visto que se había levantado.

Él continuó en el mismo tono:

—¡Eres una idiota! ¡No sabes hacer nada bien! Ni un desayuno.

—Perdóname, Ramón. No era mi intención.

Ramón quitó el saco, señaló la suciedad con la mano y dijo en tono serio:

—Vas a limpiar esto. Si no puedes, vas a comprar otro para mí.

Fernanda dijo en tono preocupado:

—¿Cómo voy a comprar? Te doy todo mi dinero.

Él echó el saco sobre la mesa y dijo ásperamente:

—¡Esto no es de mi cuenta! Has sido suficientemente tonta para ensuciar. Ahora, usa su cerebro idiota para limpiar.

Él salió de la cocina diciendo:

—Me voy. Te veo allá.

—Pero Ramón, es un largo camino. No puedo ir caminando.

Él la respondió ásperamente:

—Debería haber pensado en eso antes de hacer esta mierda. Necesitas limpiar eso y no puedo esperarte.

Ella fue tras él y dijo:

—¡Ramón! ¡No lo hagas!

Él la agarró el brazo y dijo en tono serio:

—¡Soy tu marido! Vas a hacer lo que dije.

Los ojos de Fernanda empezaron a lagrimear y él dijo con firmeza:

—¡No llores! Hoy estoy de buen humor. Si estuviera de mal humor, sabes lo que yo podría hacer contigo.

Fernanda empezó a llorar y dijo:

—Sí. Lo sé. Eres un buen marido. Soy una esposa tonta.

Él sonrió, pasó la mano en la cara de Fernanda y dijo en tono amable:

—Lo tienes. Eso es muy bueno.

Él la liberó y salió de casa en el coche. Ella pasó la mano en el lugar donde él le agarró y dijo:

—Espero que eso no produzca ninguna marca.

Fernanda fue hacia la cocina para limpiar todo. Después de eso, ella vistió una blusa de manga larga y una falda larga. Ella hizo un moño en su cabello y salió de casa.

Después de más de treinta minutos de caminada, ella llegó a una iglesia evangélica. Era un edificio mediano, no como las iglesias antiguas tradicionales. Era como una casa grande. En el interior, había bancos de madera.

Fernanda entró en la iglesia y se sentó en el último banco. En el mismo banco había una pareja de jóvenes negros. Ella tenía un gran cabello negro y rizado, y él tenía el cabello corto negro. Ellos sonrieron y sacudieron la cabeza para saludarla. Ella respondió de la misma manera.

En el púlpito estaba el marido de Fernanda. Él dijo con animación:

—Hermanos y hermanas. Es bueno estar en la presencia del Señor. Él nos dio el privilegio de más un día de vida. Vamos a orar y agradecer al Señor por todo lo que Él dio a cada uno.

Todos en la iglesia oraron conforme lo que Ramón dijo.

En seguida, hubo un servicio con canciones y predicación. Ramón se quedó lejos de Fernanda durante todo el servicio.

Después del servicio, la gente estaba hablando en la iglesia. Fernanda y la pareja estaban de pie cerca del banco. La pareja vestía ropa casual. Fernanda dijo:

—¿Ustedes son nuevos en la iglesia?

La mujer con piel morena clara, estatura y peso medianos dijo:

—Sí. Recién nos mudamos a este barrio.

Fernanda respondió:

—¿Están casados?

El hombre con piel morena oscura, estatura mediana y cuerpo definido dijo:

—Sí, somos.

Fernanda dijo:

—Ustedes parecen tan jóvenes.

La mujer dio una gran sonrisa y dijo:

—Muchas gracias.

El hombre sonrió y dijo:

—Tengo veintiocho y ella veintiséis. El matrimonio es una bendición de Dios.

—Son tan jóvenes y tan sabios.

Él dijo:

—Amo a esa mujer. No puedo quedar lejos de ella.

Él abrazó y besó a su esposa. Fernanda pensó:

‹‹Un día, he tenido este tipo de tratamiento.››

La mujer dijo:

—Perdóname. No nos presentamos. Me llamo Camila, y mi marido se llama Bruno.

—También les pido perdón. Me llamo Fernanda.

Ramón se acercó a ellos y Fernanda cambió su expresión. Bruno y Camila notaron el cambio.

Ramón dijo:

—Fernanda, ¿quiénes son nuestros visitantes?

—Él es Bruno, y ella es Camila.

Ramón los saludó con un apretón de manos y dijo:

—Encantado de conocerte. Toda la iglesia está muy feliz con su presencia.

Ellos respondieron:

—¡Muchas gracias!

Ramón dijo:

—Ustedes siempre son bienvenidos cuando quieran visitarnos.

Bruno dijo:

—Gracias. Volveremos otras veces.

—Estaremos esperando a ustedes.

Camila dijo a Bruno.

—Mi amor, tenemos que irnos.

Él dijo:

—Encantado de conocer a ustedes, Fernanda y Ramón.

Ramón respondió:

—También estoy encantado de conocerlos.

Ellos se saludaron, y Bruno y Camila se fueron.

Después de algún tiempo, Ramón y Fernanda también se fueron. De esta vez, ella fue en el coche con él.

En casa, Fernanda y Ramón cambiaban la ropa en la habitación. Ella dijo:

—Me gustó hablar con aquella pareja, y ellos parecen ser gente muy buena.

Ramón dijo en tono serio:

—Ellos parecen raros.

—¿Raros? ¿Por qué?

—¿No has notado su estilo?

Fernanda pensó en ellos intentando recordar algo, pero no pudo encontrar nada.

—No noté nada. ¿Acerca de qué hablas?

—Uf. Son gente moderna —Él dijo en tono irónico—. Ella con aquel cabello grande y rizado, y acerca de la ropa, sin comentarios.

—Ramón, su cabello era natural, era un cabello maravilloso. Ella usaba ropa básica, pantalones largos y una camiseta de manga corta. ¿Cuál es el problema?

Él dijo en tono serio:

—Esta no es ropa apropiada para una mujer casada. Especialmente cuando ella está en una iglesia. Las mujeres deben cubrir todo el cuerpo. Es la cosa justa que hacer. Además de eso, él vestía pantalones vaqueros y camisa polo. Parecía que deseaba exhibir su cuerpo atlético.

Ella pensó:

‹‹Él no se puede controlar mirando hacia otras mujeres y quiere cubrir el cuerpo de todas. Él no está preocupado por su apariencia y nadie puede hacerlo. Él es ridículo.››

Ella dijo:

—Esa es la elección de ellos. Si están felices, nadie puede hacer nada.

—Es verdad. Tan pronto como pueda, voy a hablar con el marido acerca de la esposa. Tal vez yo pueda darle algunas ideas.

Ella dijo en tono nervioso:

—¿Quieres convertirla en alguien como yo? ¿Un ama de casa fea y sin vanidad? Quieres cubrir su belleza. Entonces, ¡el marido va a mirar hacia otras mujeres como tú haces! ¡Eres un hipócrita!

Ramón dijo:

—¿Estás bien? Quedaste congelada por un minuto.

—Estoy bien. Pensaba acerca del almuerzo.

Él sonrió y dijo:

—Haces bien. Tengo que prepararme para la predicación de esta noche. Por favor, cocine sin incomodarme.

Ella suspiró y dijo:

—Vale.

Ella fue hacia la cocina y preparó el almuerzo mientras Ramón estudiaba para su predicación.

A la noche, en la iglesia, Fernanda estaba nuevamente sentada en el mismo banco. Bruno y Camila también estaban allá.

En el momento de la predicación, Ramón subió al púlpito y dijo con animación:

—Hermanos y hermanas, abran sus biblias en el libro

de Efesios, capítulo cinco, verso veinticinco hasta treinta y uno.

Él leyó el texto:

—Esposos, amen a sus esposas, así como Cristo amó a la iglesia y se entregó por ella para hacerla santa. Él la purificó, lavándola con agua mediante la palabra, para presentársela a sí mismo como una iglesia radiante, sin mancha ni arruga ni ninguna otra imperfección, sino santa e intachable. Así mismo el esposo debe amar a su esposa como a su propio cuerpo. El que ama a su esposa se ama a sí mismo, pues nadie ha odiado jamás a su propio cuerpo; al contrario, lo alimenta y lo cuida, así como Cristo hace con la iglesia, porque somos miembros de su cuerpo. Por eso dejará el hombre a su padre y a su madre, y se unirá a su esposa, y los dos llegarán a ser un solo cuerpo.

Él continuó:

—Este texto es claro acerca de la responsabilidad de la pareja, uno para el otro. El apóstol Pablo nos habló acerca del modo de vida de la pareja. Eso debe ser hecho con amor y cariño. Porque todos tenemos que preocuparnos por nuestro matrimonio.

Fernanda pensó:

‹‹Gustaría que pudieseis vivir lo que estás diciendo.››

Y ella sacudió su cabeza en una señal negativa. Bruno y Camila notaron su comportamiento. Ellos se miraron e hicieron expresiones de preocupación.

Durante la predicación, Ramón dijo muchas cosas acerca del matrimonio. Él dio muchos consejos acerca de la relación entre la esposa y el marido. Él también mencionó la división de tareas en casa.

Fernanda oyó eso y pensó:

‹‹Este no es el marido que tengo en casa todos los días. Este es otro hombre diferente.››

Al final del servicio, Ramón fue a hablar con Bruno, Camila y Fernanda. Bruno lo saludó y dijo:

—Ha sido una predicación muy buena. Usted dijo cosas muy importantes.

—Muchas gracias. Dios me usó para hablar acerca de lo que Él deseaba.

Camila dijo:

—Fernanda, creo que usted es una mujer privilegiada. Usted vive con un hombre sabio. Él debe practicar todo en casa.

Fernanda dio una sonrisa tímida y dijo sin animación:

—Sí, él hace.

Todos notaron su tono. Ramón dijo en tono serio:

—Mi amor, no seas tímida. Sabes que trato de hacer lo mejor para usted.

—Sí, yo sé. Eres un marido excelente.

Camila y Bruno notaron un clima extraño entre ellos.

Ramón dijo:

—Vamos a casa, mi amor. Vamos a hacer lo que dije hoy.

—Vale, vamos.

Ellos se despidieron y se fueron.

Así que Ramón y Fernanda entraron en casa, él la agarró el brazo y dijo en tono nervioso:

—¿Qué deseas hacer?

—Ramón, ¡suéltame! No hice nada.

Él continuó en el mismo tono:

—Por supuesto que hiciste. Respondiste a Camila sin animación. Parece que no estabas de acuerdo con sus palabras.

—Pero Ramón. Lo hice sin percibir.

Ramón agarró sus dos brazos, y la sacudió diciendo:

—¿No crees que soy un buen marido?

Ella empezó el llanto y dijo:

—Ramón, por favor, no lo haga conmigo.

—Quedé mucho tiempo sin hacerlo. Creo que olvidaste lo que pasa cuando tienes un mal comportamiento.

Ella lloró más y dijo:

—No olvidé. Voy a ser una esposa maravillosa.

Él sonrió y dijo:

—Serás una esposa maravillosa y obediente.

Él empezó a golpearla con puñetazos y patadas. Ella trató de defenderse, pero no consiguió.

Dos semanas después

A la tarde, Ramón llegó a casa después del trabajo. Fernanda ya estaba en casa. Él entró en la cocina y dijo:

—¿No deberías estar en el trabajo?

Ella aún tenía marcas en la cara. Pero no era posible identificar que eran de una agresión. Ella dijo en tono triste:

—He sido despedida una vez más. ¿Qué crees que pasa con alguien que desaparece por más de una semana?

Él dijo en tono serio:

—Eso no es bueno. Su dinero hará falta.

Ella dijo un poco nerviosa:

—¡Esto es lo único que piensas! Solo ves mi dinero y mi trabajo doméstico. ¿No soy una persona para ti? Soy su juguete y empleada. ¡Deberías matarme! Creo que tengas un seguro de vida para mí.

Ramón dijo:

—Fernanda, ¿qué pasó?

—Nada, ¿por qué?

—Parecías estar lejos de aquí.

Ella suspiró y dijo:

—Solo estoy pensando en conseguir un nuevo empleo.

—Por favor, empiece la búsqueda por un nuevo empleo tan pronto como sea posible.

—Vale.

—¿La cena va a demorar?

—Creo que no.

—¡Genial! Voy a descansar un poco. Llámame cuando todo esté listo.

Ella dijo un poco nerviosa:

—Vale.

Él fue hacia la habitación para descansar.

Durante estas dos semanas, Bruno y Camila continuaron frecuentando la iglesia. Ellos estaban sorprendidos por la ausencia de Fernanda. Solamente Ramón iba a la iglesia. Y toda vez que preguntaban, él decía que Fernanda estaba enferma.

Un día, ellos estaban dejando la iglesia. Camila estaba conduciendo y dijo:

—¿Qué crees que pasó a Fernanda?

—No lo sé. Pero espero que sea lo que hemos hablado días atrás.

—¿Realmente crees que él la podría golpear?

—¿Realmente crees que él no lo haría?

Ella dijo con tristeza:

—Deseo creer que no. Pero la manera como ella cambió su comportamiento cuando él se acercó. Su misteriosa enfermedad y nadie puede visitarla. Parece que él está ocultando algo.

—Y en aquel día que él estaba predicando. Ella parecía no estar de acuerdo con sus palabras. Era como si él estuviera mintiendo.

—Eso es verdad.

—Creo que ella necesita ayuda para salir de esa situación.

—¿Pero cómo?

Bruno dijo con animación:

—Mi amor, podrías llamar a su amiga, Laura. ¿Ella no es experta en la violencia doméstica? Ella podría dar una conferencia en la iglesia.

—¿Crees que el pastor va a aceptar?

—Espero que sí. Él parece ser un hombre que se preocupa por la gente. Podemos hablar con él, y si él acepta, tú llamas a su amiga.

—Esto puede funcionar. Pero hay algo más. Si Ramón la golpea, él no aceptaría a su esposa participando de una conferencia acerca de la violencia doméstica.

Bruno sonrió y dijo:

—Ya pensé en ese detalle.

—¿En serio?

—Todo mes hay un servicio femenino. La conferencia puede ser este día. No hay hombres en la iglesia, solamente mujeres.

—¡Genial!

—Y para garantizar que Fernanda venga, tú le dirás a

ella que deseas una compañía para ir al servicio.

—¡Es un genio! Por eso, yo te amo.

Ella le lanzó un beso.

Al día siguiente, ellos hablaron acerca de la conferencia con el pastor, y él estaba de acuerdo.

Fernanda regresó a la iglesia. Camila y Bruno notaron sus señales. Después del servicio, Camila habló con Fernanda y pidió su compañía para el servicio femenino, y ella aceptó.

En el servicio de las mujeres, todas esperaban un servicio común. Pero en la hora de empezar, Camila tomó el micrófono y dijo:

—Mis hermanas. Hoy va a ser un servicio diferente. Mi amiga Laura está aquí, y ella va a hablar acerca de un tema muy delicado y triste, violencia doméstica.

Las mujeres se miraron.

Ella continuó:

—Sé que estos temas pueden parecer lejos de nosotras, pero están más cerca de lo que pensamos.

Fernanda pensó:

«¡Y como están cerca!»

Camila dijo

—Laura, ¡bienvenida!

Una negra en la mediana edad fue hacia Camila, tomó el micrófono y dijo:

—Camila, muchas gracias por la invitación. Es muy bueno hablar con mis hermanas en la fe.

Camila se sentó cerca de Fernanda.

Laura continuó:

—Hermanas. Soy psicóloga y tengo experiencia con violencia doméstica. Yo era una víctima. He sido agredida por mi marido por muchos años. Hasta hace unos años, tenía vergüenza de hablar acerca de eso. Pero Dios me mostró la importancia de mi testimonio. A través de él, muchas mujeres se pudieron libertar de la esclavitud de la violencia. Y este es mi primer asunto. La violencia doméstica es una clase de esclavitud. Nosotras, las mujeres, sentimos que no hay salida ni esperanza. Pensamos que este tipo de vida es lo único que podemos tener.

Ella dijo en tono enérgico:

—Le digo a cada una de ustedes. Dios no nos ha creado para sufrir por causa de hombres malos. Dios creó a las mujeres para ser felices, para tener amor y cariño en el matrimonio. Si no hay, algo está errado en su matrimonio.

Las mujeres estaban muy atentas a sus palabras.

Laura regresó a su tono normal:

—La violencia doméstica no comienza con un puñetazo ni con una patada. Comienza con actitudes y palabras. Si la comunicación está basada en gritos, no hay respeto en su casa. Esta es una calle de dos sentidos. El marido no debe gritar, y ni la esposa. El matrimonio es algo hecho por dos personas. Cada uno debe hacer su parte. Otra clase de violencia es cuando su marido intenta controlar todo lo que hace. Su ropa, su dinero y su vida personal.

Una mujer levantó la mano y dijo:

—¿Vida personal? ¿Pero después del matrimonio no es un solo cuerpo?

—La hermana tiene razón, es un solo cuerpo. Pero el cuerpo es hecho de dos trozos. El hombre y la mujer tienen sus vidas. Cada uno puede hacer cosas diferentes. Uno no puede controlar al otro. Estamos en dos mil veintidós, y no en mil novecientos cincuenta. Si su marido quiere controlarla, es la primera etapa de la violencia.

Otra mujer levantó la mano y dijo:

—¿Cuáles son las próximas etapas?

—La próxima etapa es la manera como su marido habla con usted. Si él grita y tiene tono agresivo. Él está cerca de golpearte. Otra situación que indica autoritarismo son los maridos que creen tener empleadas en casa. Ellos llegan a casa después del trabajo y no desean hacer nada. Ellos tratan a las esposas como esclavas. Cuídate, si su marido le trata así.

Algunas mujeres se quedaron pensativas con estas palabras. Laura continuó:

—Si el marido nota que la esposa permite todo, él llegará a la última etapa, la violencia física. Él no empieza con el puñetazo en la cara. El hombre empieza agarrando su brazo, empujándote, sacudiéndote. Con el tiempo, eso se pone cada vez peor hasta el día que él te va a golpear o patear. Si usted no hace nada, él va a golpear y patear cada vez más. No hay límites para la violencia. Es decir, hay solo un límite, la muerte.

Hubo un momento de reflexión profunda entre las mujeres.

Laura dijo en tono de advertencia:

—Para evitar esa situación terrible, pido a cada una de ustedes. Denuncie a este tipo de marido. Él no merece estar libre. Él merece la prisión.

En seguida, las mujeres cuestionaron a Laura acerca de muchos asuntos relacionados con la violencia doméstica. Ella contestó a todo, y las mujeres quedaron muy satisfechas por la conferencia.

Después de la conferencia, Camila fue a hablar con Fernanda:

—¿Te gustó la conferencia?

Fernanda dijo con animación:

—¡Ha sido genial!

—Y ahora, ¿qué vas a hacer?

—¿Acerca de qué estás hablando?

—Fernanda, noté las marcas en su cara. Sé lo que está pasando contigo.

Ella suspiró y dijo en tono desanimado:

—Quiero librarme de esa situación, pero no sé si puedo.

—¡Por supuesto que puedes!

—Pero, ¿si mi marido no queda en la prisión?

—Él se va a quedar. La violencia doméstica es algo

muy serio.

—Cuando esté bajo arresto, ¿qué haré en mi vida?

—Tendrás una vida lejos de la violencia.

Fernanda pensó un poco y dijo:

—Iba a ser bueno.

—Va a ser bueno. Hágalo y líbrate.

—Voy a pensar.

Camila dijo en tono serio:

—No demores para pensar. Estás cerca de la última etapa, la muerte.

Esas palabras fueron duras para Fernanda. Pero ella sabía que era la verdad. Ella fue hacia su casa pensando en todo lo que había oído.

Fernanda llegó a casa y vio a Ramón durmiendo en el sofá con la televisión encendida. Ella pensó en todo lo que oyó en la conferencia y en las palabras de Camila. Fernanda fue hacia su habitación y se acostó.

Al día siguiente, Fernanda estaba asistiendo a la televisión y hubo una noticia acerca de una mujer muerta por el marido. Durante la entrevista, la hermana de la víctima dijo llorando:

—Ella era una buena esposa y hacía todo lo que él

quería. Pero para él, nada era suficiente. Todos hablaban con ella para denunciarlo, pero ella nunca lo hizo. Y ahora, ella está muerta.

Fernanda apagó la televisión y dijo:

—Señor Dios, estoy segura de que el Señor está hablando conmigo. No sé lo que pasará después de denunciar a mi marido, pero el Señor sabe. Estoy segura de que el Señor me va a ayudar en todo.

Fernanda cambió su ropa y fue hacia una comisaría. Ella fue llevada hacia una oficina, había una policial que dijo:

—¿Cómo puedo ayudarla?

Fernanda vaciló, pero dijo:

—Mi marido me golpeó por mucho tiempo.

Ella habló todo acerca de la agresión a la policial.

Al final de aquel día, Fernanda estaba sentada en el sofá. Ramón llegó y dijo:

—¿Qué pasó? ¿Por qué estás en el sofá?

—Estoy esperando una visita.

—¿Quién?

—Vas a ver.

El timbre sonó y Fernanda dijo:

—Es para ti.

Él estaba confuso:

—Estás extraña hoy.

Él abrió el portón y vio a dos policiales. Él se asustó y gritó:

—¡Te voy a matar!

Uno de los policiales dijo:

—Usted no va a matar a nadie. Está bajo arresto.

El policía lo agarró y lo esposó. Ramón estaba gritando:

—¡No creo que vayas a hacerlo! No lo merezco. Soy un buen marido.

El otro policial sonrió y dijo:

—Tenemos un lugar especial para buenos maridos como usted.

Ellos lo pusieron en el coche de la policía y se fueron.

Una fe inquebrantable

Una voz femenina dice:

—Señor Dios, gracias por más un día de vida. Gracias por sus bendiciones sobre mi vida.

Una mujer negra y anciana con piel morena clara estaba arrodillada al lado de su cama. Ella estaba en una habitación simple. Había solamente un guardarropa viejo de madera y un armario antiguo. Ella continuó:

—Sé que desperté hoy gracias a su permiso y bendición. Señor, le pido un buen día. Confío que el Señor me va a suministrar todas las cosas que necesito.

Ella se levantó y peinó su largo cabello liso gris. Ella se miró en un pequeño espejo en la pared. Sus ojos marrones oscuros analizaron su rostro arrugado. Ella pensó:

‹‹Parece que cada día tengo más arrugas.›› Ella sonrió. ‹‹Pero, ¿qué puedo hacer? Gracias a Dios, estoy viva y vieja.››

Ella vestía un vestido simple con unas pequeñas flores dibujadas sobre el tejido. El vestido era perfecto para su peso y altura medianos.

Ella fue hacia la cocina. Estaba casi al lado de su

habitación. Su casa era pequeña y había solamente tres habitaciones: una habitación, una sala y la cocina. Además de eso, había un baño entre la sala y la cocina. La casa era una construcción antigua, la pintura estaba gastada. Las puertas y ventanas eran modelos antiguos, de aquellos que no va a encontrar hoy.

La mujer miró hacia sus vasijas de comida y notó que todo estaba acabando. Ella pensó:

‹‹Dios, necesito de su ayuda. Eso no va a ser suficiente para los próximos días.››

Ella hizo café en su fogón de leña. La tetera estaba muy quemada a causa del fuego de leña. Ella se sentó en una silla vieja de madera y tomó el desayuno con algunas galletas caseras que había hecho.

Después de eso, ella fue hacia su gran patio. El vecino más cercano estaba más de doscientos metros de distancia. Todas las casas alrededor tenían el mismo espacio.

En su patio, había una huerta. Las plantas estaban casi muriendo. El suelo estaba muy seco. Ella dijo:

—Señor, usted es el dueño de toda la tierra. Bendice nuestra tierra con lluvias. Porque todo el mundo necesita.

Yo, mis vecinos, sus animales, las plantas. Todos están con sed.

Ella trabajó un poco en la huerta, cuidando de las plantas que podrían ser su alimento.

Después del trabajo en la huerta, la mujer empezó a caminar por una calle de tierra y saludó a todos que vio. Ella siempre estaba sonriendo.

Ella llegó al mercado del barrio, una casa grande y antigua. Era un mercado al estilo antiguo. Casi no había productos industrializados. La mayoría era natural. Todos estaban expuestos en bolsas: arroz, frijoles, maíz. Y todas las cosas que una persona necesitaría en aquel barrio.

El dueño del mercado, un hombre blanco con aproximadamente cincuenta años, saludó a la mujer:

—¡Buenos días, señora María! ¿Qué tal?

—¡Buenos días, José! Estoy bien, ¿y usted?

—También estoy bien. ¿Qué quiere hoy?

Ella sonrió y dijo:

—Quiero muchas cosas. Pero no tengo dinero.

José dijo:

—¿No ha recibido su pensión del estado?

—No.

—Pero es casi la mitad del mes. La señora debería recibir en el inicio del mes.

—Dijiste bien. Debería recibir. Sin embargo, usted sabe cómo es el gobierno.

—Sí, lo sé. Ellos nunca cumplen sus obligaciones.

—José, he venido aquí a preguntar si usted me puede vender a crédito un poco de harina de maíz.

—Por supuesto que te puedo vender. ¿Cuánto la señora quiere?

—Dos quilos, por favor.

—Vale.

José pesó tres kilos. María dijo:

—Son solamente dos kilos.

José sonrió y dijo:

—El extra es un regalo para la señora.

María quedó feliz y dijo:

—Dios te bendiga, José.

—Amén. Dios ya me ha bendecido y por eso puedo bendecirla.

Él entregó a María una bolsa plástica con harina de maíz.

Ella regresó a casa y cocinó la harina de maíz con

algunas verduras. Durante la preparación, ella dijo:

—Dios, gracias por esta bendición. He ido a comprar dos kilos a crédito, pero el Señor me dio más uno. El Señor siempre me está bendiciendo.

María comió con alegría porque confiaba en Dios para todo.

Después de algunos días, María fue al banco a verificar su pensión del estado. Y el gobierno le había pagado. Ella pensó:

‹‹Gracias a Dios. Tengo mi dinero.››

Ella retiró el dinero en efectivo y antes de salir del banco, un empleado habló con ella:

—Usa un sobre para llevar el dinero. Es mejor para la señora.

Ella tomó un sobre y puso el dinero.

Ella estaba yendo para su casa y cuando estaba casi llegando, dos hombres se acercaron a ella. Uno de ellos sacó un arma y gritó:

—¡Dame la plata!

Ella se asustó y dijo:

—¡Dios mío! Es el único dinero que tengo para vivir.

El hombre respondió:

—¡Eso no es mi problema! Dame el dinero.

Ella abrió la bolsa y entregó el sobre con el dinero. Antes de irse, uno de ellos la echó al suelo. Ellos huyeron corriendo.

María se quedó en el suelo por un tiempo. Ella empezó el llanto y dijo:

—¡Dios mío! Robaron mi dinero. ¿Qué voy a hacer? Tengo muchas cuentas a pagar y nada de dinero.

Después de unos minutos, una mujer negra de mediana edad pasó por aquella estrada y vio a María en el suelo. La mujer dijo en tono preocupado:

—¿La señora está bien? ¿Qué pasó?

Aun llorando, María dijo:

—Dos hombres me robaron y me echaron al suelo.

—¿La señora tiene algún pariente para ayudar?

—No. Vivo sola cerca de aquí.

—No te preocupes. Voy a ayudar a la señora.

La mujer la levantó y acompañó hasta su casa. Allí, María le explicó su situación a la mujer, y ella quedó muy triste con su historia.

Al día siguiente, por la mañana, un coche de la policía fue hacia la casa de María. Un joven oficial negro paró en la entrada de su patio y la llamó:

—¡Señora María! ¡Señora María!

Ella salió de casa y quedó sorprendida. María dijo:

—Hola oficial. ¿Qué pasó?

El oficial sonrió y dijo con animación:

—Tengo buenas noticias para la señora. Hemos arrestado a los hombres que la robaron.

María quedó maravillada:

—¿Cómo la policía ha sabido del robo? No llamé a la policía.

—La señora no llamó. Pero alguien llamó y nos dio una descripción detallada de los hombres.

María quedó más sorprendida:

—No he dicho la descripción a nadie. ¿Cómo lo ha pasado?

No sé cómo ha pasado. Sé que arrestamos los hombres y recuperamos su dinero:

—¿En serio?

—Sí.

María dijo con gran animación:

—¡Dios mío! ¡Es un milagro! Estaba desesperándome por mis cuentas.

—Es realmente un milagro. Generalmente, es difícil arrestar a esos criminales.

El oficial entregó el sobre a María y dijo:

—Aquí está su dinero.

María lo abrazó y dijo:

—Dios bendiga tu vida, hijo mío.

—Amén, señora.

Ella abrió el sobre y contó el dinero. Ella dijo:

—No puede ser. Hay casi el doble. Ellos pusieron dinero de más gente aquí.

—No tenemos informaciones de otros robos.

—¡Pero no puedo quedarme con este dinero!

—La señora puede. Piense en eso como un regalo de Dios. Recuerde si por la noche hay llanto, por la mañana habrá gritos de alegría[1].

María quedó impresionada:

—En esta vez, la palabra de Dios se cumplió literalmente.

—Aproveche su bendición.

—Voy a aprovechar.

—Ahora, tengo que irme. Si la señora necesita algo,

---

[1] Salmos 30:5

puede contactar a la policía.

—Vale. Muchas gracias.

El oficial se fue, y María inmediatamente se arrodilló agradeciendo a Dios y llorando:

—¡El Señor es maravilloso! Ayer yo estaba desesperada con mi dinero. Y hoy el Señor me ha regalado con más de lo que yo tendría. Veo en esta situación la mano de Dios trabajando por mí. Yo no merezco esta gran bendición. Agradezco al Señor del fondo de mi corazón y alma.

María quedó aliviada y segura de que Dios le había bendecido.

Los días siguientes, empezó a llover. Al inicio, la lluvia era suave, pero después hubo tempestades. En cada tempestad, María oraba a Dios, pidiendo protección para su casa. Ella sabía que su casa no soportaría esas tempestades.

Después de unos días de lluvia y temporales, la defensa civil de la ciudad fue hacia la casa de María. Ella los recibió en su sala. Ella y los dos hombres negros de mediana edad estaban sentados en sillas de madera. Uno de ellos dijo en tono triste:

—Señora María, creo que la señora ya percibió la situación de las lluvias y tempestades. Y por causa de eso, la señora debe salir de su casa.

María se sorprendió y dijo:

—Pero, ¿dónde me voy a quedar?

El otro hombre dijo:

—Tenemos un refugio público en la ciudad. La señora puede quedarse allí hasta que las lluvias paren y su casa esté segura nuevamente. No te preocupes. La señora tendrá todo allí.

María dijo en tono preocupado:

—¿Cómo no preocuparme? Voy a salir de mi casa.

El hombre respondió:

—Comprendo su preocupación, pero si la señora no sale de su casa, puede ser peligroso para su vida.

María pensó un poco y dijo con desánimo:

—Vale. Voy para el refugio.

—Lleva ropa y cosas que usted utiliza para sus cuidados personales. La llevaremos.

—Voy a coger mis cosas.

María cogió la ropa y cosas personales, y ellos la llevaron hacia el refugio. Era una escuela pública con camas en las salas de clase.

Ella pensó que aquel ambiente era muy raro, pero sabía que era una cosa necesaria para mantenerse segura.

Mismo en esa situación, María agradeció a Dios:

—Dios, gracias por su protección. Gracias por enviar esos hombres para rescatarme. Gracias, Señor, porque hay un lugar para quedar en este momento. Estoy segura de que el Señor protegerá mi casa y todo lo que tengo.

María intentó mantener su fe en aquella situación.

Los días siguientes, las tempestades empeoraron. Una tarde, una mujer blanca de mediana edad estaba en el refugio buscando a María. Así que la encontró, ella dijo en tono serio:

—Señora María, vamos a hablar en mi sala, por favor.

María quedó preocupada por su tono:

—¿Qué pasó?

La mujer mantuvo el tono:

—Vamos a mi sala, por favor.

Ellas fueron hacia una sala reservada. La mujer se sentó al lado de María y dijo:

—Infelizmente, su casa no resistió. Por causa de las tempestades, ella colapsó. Y la señora ha perdido todo que estaba allá.

Esas palabras fueron difíciles de oír. María pensó en todo lo que viviera en aquella casa. Ella pensó en todas las cosas que tenía. Ella quedó sin reacción.

La mujer dijo:

—¿La señora está bien?

María empezó el llanto y dijo:

—Padre, ¿por qué me dejaste? ¿Por qué el Señor permitió que algo así aconteciera conmigo?

Ella lloró aún más. La mujer estaba tratando de consolarla, pero era difícil. Fue un gran choque para María. Ella no tenía nada más.

Después de algún tiempo, María volvió a su cama y se acostó. Ella intentó orar, pero no pudo. Ella adormeció pensando acerca de lo que haría en su vida.

María despertó y notó que el refugio estaba diferente. Todo parecía más iluminado. Ella entró en el pasillo y vio muchos carteles en las paredes. Ella se detuvo en uno y lo leyó:

—Porque yo sé muy bien los planes que tengo para ustedes —afirma el SEÑOR—, planes de bienestar y no de calamidad, a fin de darles un futuro y una esperanza[2].

Ella pensó:

‹‹Nunca lo he visto. Debe ser algo nuevo.››

Ella caminó un poco más, vio otro cartel y lo leyó:

—El SEÑOR afirma los pasos del hombre cuando le agrada su modo de vivir; podrá tropezar, pero no caerá, porque el SEÑOR lo sostiene de la mano[3].

Ella dijo:

—Alguien puso muchos mensajes de estímulo. Necesitaba leer eso.

María vio a un hombre por la espalda a distancia y dijo:

—Hola. ¿Quién puso los carteles?

—El hombre giró hacia ella, pero ella no podía ver su rostro, era muy brillante. El hombre dijo:

—Yo les puse en su corazón y alma.

María despertó y percibió que era un sueño. Ella pensó:

‹‹Señor, muchas gracias por sus palabras. No sé cuáles son tus planes, pero sé que el Señor tiene buenos planes

---

[2] Jeremías 29:11
[3] Salmo 37:23-24

para mí.››

En otro lugar de la ciudad, unos jóvenes estaban reunidos en una sala muy lujosa. Llevaban ropa que parecía muy cara. Ellos estaban sentados alrededor de una gran mesa. Uno de ellos dijo:

—En esta vez, logramos nuestro objetivo. Con el permiso de Dios, hemos podido destruir la casa de aquella vieja, María. Y por primera vez, ella cuestionó a Dios.

Otro hombre dijo:

—Es hora de alejarla de Dios. Vamos a utilizar nuestros recursos para construir una casa nueva para ella y le daremos todo lo que ella necesita. Y cuando ella pregunte quién está haciendo estas cosas, vamos a decir: el diablo.

Todos rieron mucho. Ellos estaban seguros acerca de su plan.

Después de unos días, las lluvias pararon. María fue hacia su casa destruida. Ella observó los escombros de la construcción mezclados con sus muebles destruidos. Ella dijo:

—Ahora, solamente Dios me puede ayudar.

Ella oyó un ruido de camión, miró hacia la estrada y

vio que unos camiones se acercaban. Ellos pararon enfrente a su casa. Un joven salió de un camión y dijo:

—Señora María. Estamos aquí para construir una casa nueva para la señora.

María quedó sorprendida:

—¿En serio?

—Sí. Haremos una nueva y buena casa. Además de eso, vamos a dar los muebles y todo lo que necesita.

María no creyó en esas palabras y dijo:

—No puedo creer que esto está pasando.

El hombre sonrió cínicamente y dijo:

—Puede creer. Va a pasar.

María miró hacia los camiones, se arrodilló en el suelo y dijo:

—Señor, gracias por su provisión y cuidado con mi vida. El Señor siempre me da todo lo que necesito.

El hombre no gustó de aquellas palabras y dijo en tono serio:

—¿Cómo la señora está tan segura de que ha sido Dios quien le dio todo eso?

María se levantó y dijo:

—Cuando Dios ordena, hasta el diablo obedece.

Espero a alguien enviado por Dios

Un joven blanco con piel bronceada estaba sentado en una silla semejante a un asiento de cine, él estaba en una iglesia evangélica. Era una gran iglesia con estilo de construcción moderno. Él bajó la cabeza y dijo en tono triste:

—Señor Dios, no sé lo que hacer. Estoy desesperado por mi situación. Tengo casi treinta años y no estoy casado. Ni tengo novia. Señor, yo imploro, envíame una mujer perfecta para mi vida. Imagino que ella sea hermosa, con cuerpo perfecto, inteligente y exitosa. Una mujer perfecta para mí. Creo que el Señor me va a enviar a alguien.

Un hombre negro con aproximadamente treinta y cinco años, con estatura y peso medianos, se acercó y dijo:

—Nicolás, ¿estás bien? Tú pareces triste.

Él suspiró y dijo:

—Raúl, tú sabes porque estoy triste.

Raúl pensó un poco y dijo:

—¿Sé?

—Por supuesto que sabes. Estoy soltero y sin nadie.

Raúl dijo en tono decepcionado:

—¿Es eso? Pensé que era algo serio, como una enfermedad.

Nicolás se levantó. Él era alto y tenía peso mediano. Él dijo en tono serio:

—Pero eso es serio para mí.

—Si lo dices —Raúl dijo en tono desconfiado—. ¿Qué haces para cambiar esta situación?

—Muchas cosas.

—¿Por ejemplo?

Nicolás no había hecho nada. Él trataba de engañar a Raúl:

—Lo sabes...

—No lo sé. Dime.

—Hice. He ido...

Raúl sonrió y dijo:

—No hiciste nada.

—Pero debes comprender mi situación. Es difícil hacer cualquier cosa.

—Tienes razón. Es difícil hacer algunas cosas. Pero podrías hacer las cosas simples.

—¿Cómo qué?

—¿Tú te has mirado en el espejo recientemente?

Nicolás estaba sorprendido con la pregunta:

—Sí. ¿Por qué?

—No parece.

—¿Por qué?

—¡Necesitas cortar tu cabello! ¿Eres un nazareo[4]?

—Pero este es mi estilo.

—No es un estilo. Sería un estilo si cuidase de su cabello. Pero tú solamente lo dejas crecer. Además del cabello, debes afeitar tu barba. Parece una floresta deforestada.

—¿Cómo es eso?

—Tienes muchas fallas en su barba.

—Mi apariencia es solamente un detalle. Cuando Dios envía a alguien, la persona acepta todo.

—Te pregunto una cosa. ¿Qué clase de mujer pides a Dios?

—Una mujer perfecta.

---

4 Una persona que hizo un voto especial con Dios, en el cual ella no puede tomar bebida fermentada ni cualquier otra cosa de una vid. Además de eso, la persona debe dejar el cabello crecer. Las instrucciones completas acerca del voto están en el libro de Números, capítulo seis.

—Pides una princesa, pero tú eres el sapo. ¿Tú realmente crees que una mujer perfecta te notará y deseará una relación?

Él dijo sin confianza:

—Espero que sí.

—Si lo crees. Tienes mucha fe.

—¡Soy un hombre de fe! —dijo Nicolás en tono firme.

—Estoy percibiendo.

—Un día, Dios me va a enviar a alguien perfecto.

—Si la persona también espera a alguien perfecto, no va a ser tú.

—¡Raúl! ¿Estás contra mí?

—No. Quiero abrir tus ojos para la realidad.

Nicolás pensó un poco y dijo:

—Tal vez, tengas razón. Voy a pensar acerca de eso y continuar esperando a alguien de Dios.

—Vale. La decisión es tuya.

Una voz masculina dijo en el micrófono:

—Hermanos. Vamos a empezar nuestro servicio.

Ellos se sentaron y hubo un servicio con canciones y predicación.

Otro día en su casa, Nicolás se estaba mirando en el

espejo. Él se analizó completamente. Sus ojos azules, su largo cabello marrón claro, su barba. Él pensó:

—No soy feo. Lo creo. Hay hombres más feos que yo, y ellos tienen buenas esposas. Creo que voy a conseguir una para mí. Dios me va a enviar a alguien.

Día tras día, Nicolás oraba la misma cosa. Él estaba confiado acerca de la acción de Dios.

Días después

Nicolás recibió un mensaje en su móvil, era de Hugo, el mensaje decía:

—¿Puedo ir a su casa esta noche?

—Sí. ¿Qué pasó? —Él cuestionó.

—Tengo noticias importantes. Hoy a la noche tú sabrás.

‹‹¡Qué misterio!›› —Pensó Nicolás. Él contestó:

—Vale.

A la noche, Nicolás recibió a su amigo en la sala de estar. Hugo era un hombre blanco, con aproximadamente treinta años, cabellos y ojos marrones oscuros. Él tenía altura y peso medianos. Hugo dijo con animación:

—Nicolás. ¡Voy a casarme con Verónica!

Nicolás quedó feliz por la noticia y dijo:

—¡Enhorabuena! Lo mereces.

Él abrazó a Hugo. Nicolás dijo un poco triste:

—Todos tienen su par, solo yo que no.

—No se ponga triste por eso. Conseguirás el suyo.

Ellos se sentaron en el sofá y Nicolás dijo:

—No sé si voy a conseguir.

—¿Por qué?

—Hace mucho tiempo que estoy intentando. Y nada acontece.

—¿Qué quieres decir cuándo dices que estás intentando?

—Estoy pidiendo a Dios.

—¿Y lo que más?

—Nada. Creo que Dios me enviará a alguien perfecto.

—¿Nada? —Hugo estaba sorprendido—. ¿Me estás bromeando?

—No.

—Es por eso por lo que no consigues a nadie.

—¿Por qué?

—Has externalizado tu responsabilidad.

—No comprendí.

—Nicolás. Soy cristiano como tú y dependo de Dios

en todo en mi vida. Pero la persona con quien me voy a casar es mi elección.

—¿No has orado a Dios para conseguir una buena persona?

—Sí, oré.

—Entonces, ¿cuál es la diferencia?

—La diferencia es que no estaba esperando a la persona perfecta llegar a mi vida.

—¿Qué has hecho?

—Busqué a la persona.

—¿Cómo lo hice? ¿Dónde has buscado?

—Busqué en todos los lugares.

—¡Dios mío! —Nicolás estaba sorprendido—. ¿Intentó con todas las mujeres que conoció?

—¡No! No lo hice.

—Entonces, ¿qué?

—Aprendí cosas acerca de cada mujer que consideré interesante. Hablé con ellas para comprender lo que ellas deseaban en la vida, cuáles eran sus planes. Aprendí acerca de sus vidas y todo lo que podía.

Nicolás sonrió y dijo:

—Has tenido muchas citas.

—No lo hacía en citas. Lo hice en el contacto diario. Hablé en la iglesia, en mi trabajo y en otros lugares que tuve la oportunidad. Si percibía que había una buena combinación, entonces, invitaba a la mujer para una cita. La mayoría de la gente actúa así y eso funciona.

—Tal vez.

—Y lo más importante. ¡No existe persona perfecta! —Él enfatizó.

—Si no existe una persona perfecta. ¿Cómo funciona? ¿Cómo sabías que Verónica era la mujer cierta?

—Esta pregunta es muy difícil de contestar. Durante la relación, verás las señales.

— ¿Señales de Dios?

—Sí y no.

—Hugo, hoy está difícil hablar contigo. Estás muy enigmático.

—Disculpe, pero las respuestas no son simples. Te voy a explicar. Desde que Verónica y yo empezamos nuestra relación, pedimos dirección a Dios. Pedimos a Él que nos bendijera en nuestra unión. Y Él nos bendijo. Todo lo que habíamos planificado hacer juntos funcionó. Esta es la señal de Dios.

—Vale. ¿Lo que no son señales de Dios?

—No son señales de Dios todo lo que depende de nosotros. Comportamiento, actitud y todo lo relacionado con la relación. Por ejemplo, ¿recuerdas cuándo tuve mi accidente de coche?

Nicolás dijo con tristeza:

—Recuerdo. Ha sido un periodo difícil para ti.

—Fue difícil. Verónica y yo apenas empezamos nuestra relación, y ella iba al hospital todos los días que ella podía.

—Lo recuerdo.

—Otro ejemplo. Cuando ella no fue aprobada en su primera prueba de conducción. Ella quedó muy triste, y yo estaba con ella. La consolé y le di fuerzas para intentar nuevamente. Una relación es compañerismo. Es tener a alguien para estar contigo en los mejores y en los peores momentos. Estas cosas tú solo vas a saber cuándo intentas tener una relación.

—Creo que estoy comprendiendo.

—Tienes razón al pedir a Dios por alguien. Pero estás equivocado cuando solo estás esperando. Y tú tienes que hacer una cosa más.

Nicolás sonrió y dijo:

—Lo sé. Es mi apariencia.

—Eres un tipo inteligente.

—Eres la segunda persona que me dice la misma cosa.

—La apariencia no es todo en una relación. Pero es algo importante para empezar.

—Lo estoy percibiendo.

—Hemos salido del asunto inicial. Pero creo que ha sido algo bueno.

—Por supuesto que fue bueno.

—Aquí está su invitación.

Hugo entregó una invitación de boda a Nicolás.

—Muchas gracias.

—Va a ser en cuatro meses. Espero que tú vayas con una compañía. —Hugo sonrió.

—Yo también lo espero. —Nicolás sonrió.

Ellos se saludaron y Hugo se fue. Nicolás quedó muy pensativo por las palabras de su amigo.

Los días siguientes, Nicolás empezó a observar a los jóvenes en su iglesia. Él estaba buscando cualquier cosa que lo ayudara en su vida sentimental.

Además de la iglesia, él también observó las redes

sociales. Él estaba observando el estilo de ropa, apariencia y todo lo que la gente hacía.

Un día, en su habitación, él estaba acostado en su cama y pensaba:

‹‹Ellos son diferentes de mí. Noté que ellos están preocupados con su apariencia. Todos tienen su grupo, y ellos salen con sus amigos. Y lo más importante para mí, muchos de ellos tienen compañeros. Creo que tengo que cambiar mis hábitos para tener una oportunidad de tener una compañera.››

Él se levantó y fue hacia la barbería a la que solía ir. Él dijo al barbero:

—Quiero una transformación completa. Quiero parecer más joven y bonito.

—Vale. Por favor, siéntate.

El barbero le rapó la barba y cortó el cabello. Después de más de una hora, Nicolás se miró en el espejo y dijo con animación:

—¡Soy otra persona! Una persona mejor, lo creo.

Nicolás estaba sin barba y su cabello estaba partido en el lado al estilo moderno.

Después de eso, él fue a unas tiendas y compró ropa

y zapatos nuevos.

En el próximo servicio, él vistió su nuevo visual. Y él notó que mucha gente fue a saludarlo. Raúl dijo en tono de broma:

—¿Qué ha pasado aquí? ¿Has sido secuestrado por una astronave? ¿O eres un robot?

Nicolás sonrió y dijo:

—No pasó nada de eso. Decidí hacer algunos cambios.

—Ha sido un gran cambio. Creo que ha sido un buen cambio.

—También lo creo.

—¿Por qué lo hiciste?

—Raúl, he pensado en lo que dijiste. Y tuve una conversación con Hugo. Pude percibir que tengo un papel importante para conseguir alguien. Entendí que no puedo quedar solo esperando la ayuda de Dios. Tengo que orar a Dios para conseguir a alguien, pero tengo que buscar y elegir a la persona. Es mi responsabilidad. Dios me dio inteligencia y sabiduría para hacer una buena elección. Y, además de eso, tengo que ser una buena elección para alguien.

Raúl quedó maravillado:

—Realmente pareces otra persona, no solo en la apariencia.

—Es verdad. Agradezco sus consejos y amistad. Tú siempre me dices lo que tengo que hacer. Pero demoré en percibir que tenías razón.

—Sin problemas. Todo ocurre en la hora cierta. Dios abrió su mente para mis palabras y para las palabras de Hugo. Cada uno tiene un tiempo correcto para aprender y comprender. Has tenido el tuyo.

—Espero que este aprendizaje tenga algún efecto.

Una bella mujer se acercó a ellos y dijo:

—Nicolás, ¿quiere participar del servicio de los jóvenes? Hay servicios todos los sábados, y después del servicio, salimos.

—Nunca vengo, pero empezaré a venir.

Ella dijo con animación:

— ¡Genial! Yo voy a esperar... —ella sonrió—. Es decir, te vamos a esperar el próximo sábado.

—Muchas gracias por la invitación

—Con permiso.

Ella se fue y Raúl dijo:

—Creo que su cambio ya ha hecho efecto.

Nicolás sonrió y dijo:

—Tienes razón. Agradezco a Dios por eso.

Una voz femenina dijo en el micrófono:

—Hermanos. Vamos a empezar nuestro servicio.

Ellos se sentaron y hubo un servicio.

La historia de la Pascua

En una escuela pública de enseñanza secundaria en una gran ciudad brasileña, los alumnos hablaban entre sí, esperando el maestro. El salón de clases era nuevo, con mesas y sillas nuevas. Toda la escuela era un edificio nuevo.

Los alumnos vestían camisas de uniforme blancas. El resto del vestuario era conforme el estilo de cada uno. No había rígidas políticas acerca de eso.

Un joven negro con piel marrón clara, aproximadamente treinta años, entró en el salón de clase. Él era alto y tenía peso medio. Él vestía ropa casual y tenía un gran cabello negro afro. Él dijo:

—¡Buenos días! Vamos a empezar nuestra clase de historia.

Los alumnos pararon de hablar y le dieron atención.

Él tomó un marcador para borrado en seco y escribió en la pizarra blanca:

—Pascua.

Los alumnos se miraron con desánimo. El maestro dijo:

—Todos saben que estamos cerca de la Pascua. Y

todos los años, la escuela hace unas actividades relacionadas con eso.

Una adolescente blanca con piel clara dijo en tono irónico:

—Resumiendo, la escuela piensa que somos niños y hace actividades relacionadas con el Conejo de Pascua.

Todos rieron.

El maestro se contuvo para no reír y dijo:

—Sabrina, casi tienes razón. Habrá unas actividades relacionadas con el Conejo de Pascua. Pero la escuela no cree que ustedes son niños.

Un adolescente negro con piel marrón oscura dijo:

—Santiago[5], si ellos no creen, ¿por qué hacer estas actividades?

—Miguel, eso es parte del plan municipal de educación.

Sabrina dijo:

—El plan municipal de educación es una mier...

—¡Sabrina! —Santiago la interrumpió—. Sé que unas políticas pueden ser frustrantes. Pero la escuela tiene que

---

[5] En Brasil es común llamar a los maestros por sus nombres, o a veces, llamarlos solamente de "maestro".

seguir las leyes y los decretos.

Una adolescente negra con piel marrón clara dijo firmemente:

—¡Estas leyes y decretos nos están llevando a la mentira! ¡No hay Conejo de Pascua!

Santiago trataba de calmar los ánimos. Él dijo con tranquilidad:

—Carla, te comprendo. Y estoy seguro de que nadie aquí lo cree. Pero el Conejo de Pascua hace parte de la tradición.

Un adolescente blanco con piel bronceada dijo:

—Maestro, no sé cuál es la tradición. En Brasil, la mayoría de nosotros sabe que la Pascua no está relacionada con el Conejo de Pascua.

Los alumnos estaban muy insatisfechos con el plan de educación actual. Santiago dijo:

—Daniel. Noté que este año nadie quiere hacer las actividades tradicionales de Pascua. Creo que todos quieren hablar acerca de la verdadera historia de la Pascua.

Los alumnos concordaron y muchos dijeron:

—¡Sí!

—¡Es eso!

Santiago continuó:

—Pero hay un problema. Todos saben que la Pascua tiene una relación estrecha con la religión, más de una religión. Unos padres pueden quedar incomodados sabiendo que sus hijos están aprendiendo cosas acerca de religión en la escuela.

Miguel dijo:

—Maestro, hablar de historia es hablar de religión. Todo está conectado.

Carla dijo:

—Mismo que ellos queden incomodados, tenemos una buena justificativa.

Santiago dijo:

—¿Cuál?

—Hay más gente que cree en Dios y Jesús que en el Conejo de Pascua.

Todos rieron, incluso Santiago. Él dijo:

—Esta justificación es genial. ¿Todos están de acuerdo en hablar acerca de la verdadera historia de la Pascua?

Ellos respondieron en voz alta:

—¡Sí!

—Vale. Vamos a dividir la clase en grupos. Cada grupo hablará acerca de un momento relacionado con la historia de la Pascua.

Sabrina se sorprendió:

—¿Hay muchas cosas?

—Sí, Sabrina. La historia humana tiene varios momentos relacionados con la Pascua. El primero fue en Egipto, el éxodo judío. El segundo está en Israel, la Pasión de Cristo y el inicio del cristianismo, y el último está relacionado con el conejo de Pascua y otras cosas. Estoy seguro de que este trabajo será muy interesante para todos. Ustedes sabrán más acerca de una de las fechas más importantes de Brasil.

Daniel dijo:

—Maestro, ¿adónde vamos a obtener las informaciones?

—Ustedes pueden utilizar Internet. Pero les pido que utilicen sitios con referencias. Utilicen sitios que citen libros u otras fuentes confiables. Si ustedes tienen alguna duda, envíenme el sitio por correo electrónico. Voy a analizar y decir si la fuente es confiable.

—Vale.

—¿Vamos a hacer los grupos?

Santiago dividió la clase y dio un tema para cada grupo. Los alumnos quedaron muy animados con la posibilidad de aprender acerca de la historia de la Pascua.

...

Los alumnos empezaron a hacer los trabajos escolares. Cada grupo se reunía en la biblioteca de la escuela o en la casa de uno de los componentes.

Un día, el grupo de Sabrina estaba en su casa. Ellos estaban en una gran mesa con libros, computadoras portátiles, cuadernos, móviles, lápices y bolígrafos. Todos estaban buscando información acerca del tema. Así que, si alguien encontraba algo interesante, leía para el grupo.

Sabrina encontró información acerca del éxodo judío. Y ella les dijo:

—Encontré algo. El éxodo judío es descrito en muchos libros de historia. Pero acerca de la Pascua, está detallado en el libro judío Torá y en la biblia cristiana.

Una adolescente negra con piel marrón clara dijo:

—Leer la biblia es más fácil. ¿Dónde está?

Sabrina dijo:

—Empieza en el libro del Éxodo y continúa en los

libros de Levítico, Números y Deuteronomio.

La chica dijo:

—Cada uno puede leer acerca de un libro y decir lo que aprendió. ¿Qué tal?

Ellos concordaron y empezaron a leer acerca de los libros.

Después de algún tiempo, la madre de Sabrina fue hacia la sala. Ella era una mujer blanca en la mediana edad con piel clara. Ella notó que ellos estaban muy concentrados en la lectura. Ella se acercó a Sabrina y dijo:

—Sabrina, ¿cuál es el asunto? Todos parecen muy concentrados.

—Estamos leyendo acerca de unos libros de la biblia.

Ella estaba sorprendida:

—¿Biblia? ¿Por qué?

—Es para un trabajo de la escuela acerca de la Pascua.

—¿Cuál es la relación entre la biblia y la Pascua?

Sabrina sonrió y dijo:

—Estamos tratando de encontrar.

Ella dijo en tono serio:

—Eso es muy raro. La escuela no debería hablar acerca de religión.

Sabrina dijo en tono irónico:

—La escuela también no debería hablar acerca de leyendas, como el Conejo de Pascua, pero lo hacen.

—Es diferente.

—Sí, es muy diferente. Solamente niños inocentes creen en el Conejo de Pascua. Pero en la religión, muchos adultos tienen creencias genuinas.

—Cualquiera puede creer lo que quiera.

—Tienes razón. Y todos deben aprender historia. Y lo estamos haciéndolo.

Ella estaba sin respuesta:

—Vale. Pero no estoy de acuerdo con este tema.

Sabrina dijo en tono serio:

—No estás de acuerdo porque no crees en nada. Y crees que todos deberían ser como tú.

—Tal vez el mundo fuera mejor.

—O no. Mamá, tengo que continuar leyendo.

Sabrina continuó leyendo acerca de los libros bíblicos. Y su madre salió de la sala un poco enojada.

Días después

Los alumnos estaban esperando a Santiago en el salón de clase, pero él se demoraba. Un hombre blanco en la mediana edad entró en el salón y dijo:

—¡Buenos días! Hoy seré el responsable de la clase de historia.

Miguel dijo:

—¿Qué pasó con Santiago?

—Él está en una reunión.

—¿Una reunión en el horario de la clase? Él nunca lo ha hecho.

—La situación es diferente.

Carla dijo:

—Diferente, ¿cómo?

Él estaba incomodado y no quería decir lo que estaba pasando.

—Él está hablando con unos padres. Parece que ellos no están de acuerdo con algunos temas de la clase.

Sabrina dijo:

—Oh, déjame adivinar, ¿es acerca del trabajo de historia?

—Sí

—Apuesto que mi mamá está aquí.

—No sé quién se quejó.

Sabrina se levantó y dijo en tono enérgico:

—Voy a verificar quién se está quejando de nuestro trabajo. ¿Quién está conmigo?

Unos alumnos se levantaron y dijeron:

—¡Estoy contigo!

—¡Vamos a ver lo que está pasando!

Sabrina dijo al maestro:

—¿Adónde es la reunión?

—En la sala del director.

Ellos fueron hacia allá. La secretaria de director, una mujer negra en la mediana edad, les trató de impedir:

—¿Qué están haciendo? ¿Por qué no está en la clase? – Ella estaba sorprendida.

Daniel dijo en tono firme:

—Estamos aquí para saber quién se está quejando del trabajo de historia.

Ella dijo:

—Éste es un asunto entre los padres, el director y el maestro.

Él continuó en el mismo tono:

—No es solamente sobre ellos. Es sobre nosotros. Estamos aprendiendo todos los días.

—Pero ustedes no pueden participar de la reunión.

Sabrina dijo en tono energético:

—¡Debemos participar!

Dentro de la sala del director, todos notaron la confusión. El director, un hombre negro en la mediana edad, fue hacia la puerta para ver lo que estaba pasando. Él dijo:

—¿Cuál es la razón de esa discusión?

Sabrina respondió un poco nerviosa:

—¡Ella está tratando de impedir nuestra participación en la reunión!

—¿Por qué ustedes desean participar?

—Porque es algo que me afecta a mí y a mis amigos.

La madre de Sabrina fue hacia la puerta y dijo en tono de reprobación:

—¡Sabrina! ¿Qué es eso? ¿Estás generando problemas en la escuela?

Ella contestó en tono irónico:

—Tú estás generando problemas en la escuela. Estoy tratando de resolver el problema que tú generaste.

El director dijo en tono calmo:

— Vamos a mantener la calma. Sabrina, su madre estaba preocupada por el tema de la clase de historia.

Sabrina se rio y dijo:

—¿Preocupada? ¿Mi mamá? Director, ¿me estás bromeando? Ella nunca se preocupa por nada relacionado con la escuela. Ella está haciéndolo porque es atea, y el tema del trabajo de historia es sobre religiones.

La madre de Sabrina quedó un poco enojada y dijo nerviosa:

—¡No deberías hablar así! ¡Soy tu madre!

Sabrina habló más alto y más agresivamente:

—¡Eres mi madre apenas para perturbarme! Nunca me das atención en nada que hago. Ni sabes lo que estoy estudiando. Tú sabes de este trabajo solo porque estábamos haciéndolo en casa y percibiste que estábamos muy concentrados. Siempre hice mis trabajos escolares sola, sin tu ayuda.

Todos quedaron impresionados con esas palabras. Lo que debería ser una discusión sobre una clase de historia se convirtió en una discusión sobre la relación familiar. El director dijo en tono firme:

—¡Paren con eso! ¡Ustedes dos! —Él miró hacia Sabrina y su madre. —Vamos hacia el salón de clase, voy a explicar sobre esta reunión.

Todos fueron hacia el salón de clase, los alumnos, los padres, el profesor y el director.

El director quedó cerca de la pizarra blanca y dijo:

—Hace unos días, la escuela recibió una queja acerca de los temas de la clase de historia. Hablé con el maestro y él me explicó la situación. Él dijo que la clase pidió temas diferentes acerca de la Pascua, y él les dio los temas para estudiar. Pero unos padres no están de acuerdo porque los temas involucran religión. Contacté con el departamento educacional de la ciudad y no hay problema en hablar acerca de eso. Entonces, sus trabajos escolares serán mantenidos.

Todos los alumnos quedaron felices con la noticia. Él continuó:

—Hoy, vi una cosa que hace mucho tiempo no veía. Los alumnos luchando por su derecho de aprender. Eso ha sido increíble, a pesar de la confusión. Nunca paren de luchar por sus derechos. La historia... —Él miró hacia Santiago—. Ya mostró lo que pasa cuando la gente lucha por lo que es justo y cierto. ¡Felicitaciones a todos!

Él empezó a aplaudir y todos hicieron lo mismo.

Los padres no quedaron felices con su decisión. Pero

ellos sabían que perdieron la guerra.

...

Días después, los alumnos comenzaron a presentar sus trabajos.

El primer grupo fue el grupo de Sabrina. Ellos fueron los encargados de hablar del éxodo de los judíos.

Ellos estaban cerca de la pizarra y la clase había hecho un círculo con las mesas.

Había un proyector LCD y una computadora portátil. Con estos, los estudiantes podrían hacer una presentación más interesante.

Sabrina empezó a hablar:

—Mi grupo va a hablar de la primera Pascua. —Ella sonrió—. Sí. Hay un registro de la primera Pascua. Fue más temprano de lo que la mayoría piensa. Vamos a hablar de lo que pasó para iniciar la celebración de la Pascua.

Una adolescente negra dijo:

—El evento relacionado con la Pascua fue el éxodo de los judíos de Egipto. Este evento específico no tiene registros históricos, además del libro judío Torá y la biblia cristiana. Hicimos muchas búsquedas, pero ninguna fuente confirma o niega los hechos descritos en estos dos libros religiosos. Solo hay menciones a la salida del pueblo hebreo de Egipto en años diferentes. Pero la falta de fuentes no perturba el asunto principal, la Pascua.

Un adolescente blanco dijo:

—La primera Pascua fue aproximadamente tres mil quinientos años antes de Cristo. Los eventos son mencionados en el libro del Éxodo. Está escrito que el pueblo hebreo fue esclavizado en el antiguo Egipto. Y Dios había enviado muchas plagas contra aquel país para mostrar al faraón su poder. La última plaga fue la muerte de los primogénitos en toda la tierra. La advertencia de Dios para su siervo Moisés está descrita en Éxodo, capítulo once, en los versos cuatro a seis.

El texto fue exhibido en la pizarra blanca y él lo leyó:

—4 Moisés anunció: Así dice el SEÑOR: Hacia la medianoche pasaré por todo Egipto, 5 y todo primogénito egipcio morirá: desde el primogénito del faraón que ahora ocupa el trono hasta el primogénito de la esclava que trabaja en el molino, lo mismo que todo primogénito del ganado. 6 En todo Egipto habrá grandes lamentos, como no los ha habido ni volverá a haberlos.

Una adolescente blanca dijo:

—Todos deben estar preguntándose, ¿cuál es la relación entre eso y la Pascua? La respuesta es mencionada en la secuencia del texto, en el verso siete:

El texto fue exhibido en la pizarra blanca y ella lo leyó:

—7 Pero entre los israelitas, ni los perros le ladrarán a persona o animal alguno. Así sabrán que el SEÑOR hace distinción entre Egipto e Israel.

La adolescente continuó:

—La diferencia entre egipcios y hebreos es el origen de la Pascua. En el capítulo doce, Dios dice a Moisés las instrucciones para la celebración de la Pascua en casa. Hay instrucciones acerca de la preparación de los alimentos. Iba a ser un cordero o un cabrito por familia. El animal debería ser abatido al caer de la noche y su sangre puesta en los dos postes y en el dintel de la puerta de las casas. Esta sangre iba a ser una señal para el pueblo hebreo. La casa con él no iba a ser afectada por la plaga.

Todos los alumnos estaban muy atentos a la explicación:

Un adolescente negro dijo:

—Conforme el libro del Éxodo, en aquella noche

solamente los egipcios han sido afectados por la plaga. Todos los hebreos quedaron a salvo. Dios dijo a Moisés que aquel día debería ser recordado por todo el pueblo, todos los años. Pero hay una cosa interesante acerca de la fecha. Los judíos no utilizan el mismo calendario que nosotros. Ellos usan el calendario hebreo o calendario judío. Ellos están en el año cinco mil setecientos ochenta y dos, mientras estamos en dos mil veintidós. El calendario hebreo está basado en los siglos del sol y de la luna, y se llama calendario lunisolar. Ellos tienen doce meses. Cada mes empieza con el aparecimiento de la luna nueva. Y puede tener veintinueve o treinta días. A causa de las diferencias entre los siglos solar y lunar, este calendario tiene trece meses a cada tres o cuatro años. Esta adición tiene relación con la Pascua. La celebración debe ser en la primera luna llena de la primavera del hemisferio norte que empieza en marzo de cada año.

Sabrina dijo:

—Es por eso por lo que la fecha de la Pascua es una fecha que cambia cada año. Pero este es un asunto para los otros grupos.

Los alumnos aplaudieron al grupo. Después hubo un

debate sobre lo que fue presentado.

En la próxima clase de historia fue la vez del grupo de Miguel y Carla. Él empezó la presentación:

—Mi grupo hablará de la Pascua cristiana. Esta está relacionada con la Pascua judía. La Pascua cristiana es la fecha más importante para los cristianos, y este día determina otros feriados religiosos. La fecha exacta de los acontecimientos que originaron la Pascua no es conocida, pero fue aproximadamente entre treinta y treinta y tres después de Cristo. Todo está relacionado con una persona que sé que la mayoría ya oyó su nombre, Jesucristo. La celebración de la Pascua no fue determinada por él. Pero él es la causa.

Un adolescente negro dijo:

—La historia de Jesucristo está en la biblia cristiana. Su vida es mencionada en los textos o evangelios de Mateo, Marcos, Juan y Lucas. Cada autor tiene una visión única de su vida, y cada uno complementa el otro. Según estos libros, Jesús es la encarnación de Dios, en otras palabras, él es Dios en forma humana. Él era un judío que enseñó a mucha gente sobre la religión judía. Sus enseñanzas no han sido bien recibidas por las autoridades religiosas en aquella época, ellos lo arrestaron y mataron en la crucifixión. Y después de tres días, Jesús resucitó. Esta es la creencia central de los cristianos, la muerte y la resurrección de Jesucristo. Estos eventos son el origen de la Pascua cristiana.

Una adolescente blanca dijo:

—Vamos a detallar los eventos para comprender su relación con la Pascua. Jesús tenía doce discípulos que quedaron con él la mayor parte del tiempo. El miércoles, ellos se reunieron en la ciudad de Jerusalén y cenaron. Esta cena es conocida como La Última Cena. Creo que la mayoría ya ha visto una pintura acerca de eso. Es una pintura de Leonardo da Vinci.

La pintura ha sido exhibida en la pizarra blanca.

La chica continuó:

—La pintura se llama La Última Cena porque fue la última vez que Jesús comió con sus discípulos. En aquella madrugada, Jesús fue arrestado y acusado por los líderes judíos. Él ha sido condenado a la muerte el viernes. En aquella época, el Imperio Romano gobernaba el país y la pena de muerte era por medio de la crucifixión.

Santiago se levantó y dijo:

—La crucifixión era un proceso muy doloroso y humillante. El condenado tenía que cargar una cruz de madera por la ciudad hasta el lugar que iba a ser crucificado. La persona era clavada en cruz con clavos de hierro. La cruz era levantada y la persona quedaba allí hasta su muerte, lo que podía llevar días o semanas.

Los alumnos quedaron un poco conmocionados por la explicación. Santiago se sentó y un adolescente blanco dijo:

—Hay un detalle muy interesante acerca de todo lo que pasó a Jesucristo. Los eventos coincidieron con la Pascua judía. Aquel fin de semana iba a ser una celebración para los judíos. Por causa de eso, los líderes pidieron a los romanos que quebraran las piernas de Jesús y de los dos prisioneros con él. De esa manera, ellos morirían rápidamente. Pero de acuerdo con los evangelios, Jesús dio su último suspiro y murió antes que le quebraran sus piernas. Los otros prisioneros tuvieron sus piernas quebradas y murieron el mismo día. El día de la crucifixión es el Viernes Santo. Y Jesús resucitó el tercer día, domingo de Pascua. Después de la resurrección, Jesús permaneció en la Tierra por muchos días y, entonces, ha sido elevado al cielo. Todos estos eventos son la base para los feriados que conocemos hoy en día.

Un adolescente negro dijo:

—La definición de los feriados fue muchos años después de estos eventos. La primera definición ha sido en el Primer Concilio de Nicea en trescientos veinticinco después de Cristo. Fue un concilio de obispos cristianos en la ciudad de Nicea, una provincia del Imperio Romano, y hoy es una ciudad de Turquía. El concilio decidió que la fecha de la Pascua iba a ser el primer domingo después de la primera luna llena de primavera, entre veinte de marzo y veinticinco de abril, considerando las estaciones del hemisferio norte. Esta fecha está basada en el calendario juliano, utilizado en aquellos días. Este calendario es muy semejante a nuestro. Con la definición de la Pascua, es posible decidir otras fechas, como Carnaval, Cuaresma y Corpus Christi.

Carla dijo:

—El primero, el Carnaval, es muy conocido por nosotros los brasileños. Todos saben de las fiestas en las calles.

Una imagen del Carnaval fue exhibida en la pizarra

blanca.

Ella continuó:

—Según la historia, esta fiesta es una manera para decir adiós a la felicidad, porque vendrán cuarenta días de ayuno, oración y penitencia para los cristianos, la Cuaresma. Este periodo representa el tiempo que Jesucristo estaba ayunando en el desierto antes de empezar sus actividades de enseñanza y predicación. Muchas iglesias cristianas observan la Cuaresma. En Brasil, la más famosa es la católica, donde hay algunas observancias durante estos días. El periodo de la Cuaresma empieza el Miércoles de Ceniza y termina el Jueves Santo, día de la Última Cena. El último feriado relacionado con la Pascua es la fiesta de Corpus Christi, que significa la Solemnidad del Cuerpo y la Sangre de Cristo. Esta fiesta es celebrada sesenta días después de la Pascua, simbolizando el cuerpo y la sangre de Jesucristo a través del sacramento de la Eucaristía. Algunas iglesias lo celebran. Creo que terminamos aquí.

Los alumnos aplaudieron. Y expresaron sus opiniones acerca de lo que aprendieron.

La próxima clase de historia fue la vez del grupo de

Daniel. Él empezó la presentación:

—Mi grupo hablará acerca de la Pascua que todos conocen. Pascua con conejo de Pascua y chocolate. Creo que mi grupo no tendrá historias interesantes como los grupos anteriores. El Conejo de Pascua tiene su origen en Alemania, por los luteranos, una iglesia protestante. Su trabajo original era juzgar el comportamiento de los niños antes de una fiesta religiosa. Este papel es semejante al Papá Noel. La leyenda también dice que el conejo cargaba huevos coloridos, dulces y juguetes en su canasta. El conejo daba regalos a buenos niños. Otra semejanza con el Papá Noel.

Una adolescente blanca dijo:

—Acerca de los huevos, hay más historia. Las celebraciones con huevos son muy habituales desde antes de la Pascua cristiana. Los huevos eran un símbolo tradicional de fertilidad y renacimiento en muchas culturas. Y era costumbre darlos a la gente al inicio de la primavera. Desde tiempos antiguos, la gente ya pintaba y decoraba los huevos para destacarlos. Todo estaba simbolizando un tiempo nuevo y más feliz, la nueva estación.

Un adolescente negro dijo:

—El inicio del cristianismo, mucha gente pintaba los huevos de color rojo cómo un recuerdo de la sangre de Cristo derramada en la cruz en la crucifixión. En la edad media, la iglesia cristiana adoptó la costumbre de los huevos como símbolo de la resurrección de Jesucristo. Otra cosa que convierte los huevos en algo especial es que había una prohibición para los cristianos, ellos no podían comer huevos durante la Cuaresma, pero podían comer en la Pascua. Aquí, tenemos una semejanza con el hábito de comer huevos de chocolate el domingo de Pascua. Los primeros huevos de chocolate han sido hechos en el siglo diecinueve, en Turín, Italia. Una mujer puso chocolate derretido en cáscaras de huevos de gallina.

Un adolescente blanco dijo:

—Ella hizo los primeros huevos de chocolate caseros, y se han hecho famosos en su ciudad. Pero la primera fábrica que produjo a gran escala fue en Reino Unido en mil ochocientos setenta y cinco. A la gente le gustó, y la producción creció. Hoy es una tradición común en muchos países dar huevos de chocolate en la Pascua. La asociación con el Conejo de Pascua es debido a la leyenda sobre los regalos para buenos niños. Creo que es el fin de la historia de la Pascua.

Los alumnos aplaudieron. Cada uno del grupo se sentó en su lugar. Santiago se levantó y dijo:

—Estoy seguro de que todos ustedes aprendieron muchas cosas sobre la historia de la Pascua. Cada grupo explicó un trozo de la historia. Todos pudieron comprender que todo lo que tenemos hoy es una construcción de muchos años. Después de hacer este trabajo escolar, todos ustedes pueden mirar hacia el calendario y saber la razón para que haya unos feriados. Éste es el papel de la escuela, enseñar a todos ustedes cosas relevantes. Agradezco el esfuerzo para hacer este trabajo. Ustedes merecen los aplausos.

Santiago aplaudió y los alumnos lo acompañaron.

¿Qué está errado con los cristianos?

‹‹No puedo comprender lo que pasó con mi iglesia.›› Maxuel pensaba. ‹‹Cada año de elección federal o municipal, el pastor trae unos candidatos aquí para hablar durante el servicio.››

Había dos hombres blancos en la mediana edad en el púlpito de la iglesia. Ellos vestían trajes. Uno de ellos era el pastor José, y el otro, era el político invitado.

Maxuel estaba sentado en un banco de madera. El edificio era grande, con capacidad para recibir más de trescientas personas, y casi todos los asientos estaban ocupados. Todo era nuevo porque la construcción había terminado unos meses antes. Maxuel era un joven negro con piel marrón, ojos marrones y cabello corto negro.

‹‹El pastor sabe que es incorrecto traerlos aquí porque hay leyes contra campañas políticas en todas las clases de templos religiosos. Entonces, él los trae como miembros, sin mención a los partidos políticos u otras cosas que caracterizan al crimen. Creo que eso es muy contradictorio porque mi pastor siempre dice que debemos respetar las autoridades y las leyes, pero parece que él quiere respetar solo lo que conviene. Él quiere obedecer solamente lo que es bueno para él.››

El pastor José dijo con animación>

—Pueblo de Dios, aquí está el señor Antonio. Él es un político enviado por Dios. ¡Él hace muchas cosas buenas para nuestra nación!

Había mucha gente diciendo palabras de agradecimiento y glorificando a Dios.

Maxuel pensó:

‹‹Estoy seguro de que él no es un político enviado por Dios. Ese tipo nunca hizo nada por la gente. Él ha sido elegido hace cuatro años y nunca presentó ningún proyecto. Él es solo un político como los otros. Todos ellos solo quieren poder, grandes sueldos y muchas gratificaciones. Y lo peor, este aquí siempre destaca que es cristiano. Él está poniendo el Santo Nombre de Dios en una cosa tan sucia, la política.››

José dijo:

—Antonio vino porque él siempre defiende lo que es correcto y ¡lo que es mejor para el Reino de Dios!

Nuevamente, había gente diciendo palabras exaltando a Dios.

Maxuel sacudió la cabeza haciendo señal negativa y

pensó:

‹‹Pastor José, ¿me estás bromeando? Él solamente defiende la misma cosa que todos los moralistas-conservadores hipócritas defienden. Él nunca defendió nada como el fin de la pobreza, mejoras en sistema de justicia, derechos humanos y cosas así.››

José le dio el micrófono. Antonio dijo con animación:

—Hermanos y hermanas. Es óptimo estar aquí. Todos saben que esta iglesia es mi segunda casa.

‹‹¿La iglesia se convirtió en un teatro?›› Pensó Maxuel. ‹‹Él nunca viene aquí. Él solamente viene en las campañas políticas. Creo que su última visita ha sido hace cuatro años, en otro año electoral.››

Antonio dijo:

—¡Soy un servidor del pueblo! Y estoy en la política porque Dios me puso allá. —Él enfatizó—. Todas las autoridades han sido establecidas por Dios. Es bíblico.

El pueblo aplaudió su discurso.

‹‹La autoridad establecida por Dios es la jerarquía entre los seres humanos. Dios no estableció el político. Para eso, tenemos elecciones democráticas, en las cuales la gente escoge sus políticos. Si Dios estableciera los políticos, tendríamos solo buena gente, y aquellos que desobedecieran la palabra de Dios iban a ser muertos. Es bíblico.›› Maxuel sonrió.

Antonio continuó:

—Este año intentaré dar un paso más. ¡Estoy disputando para gobernador del estado!

Esas palabras provocaron euforia en la iglesia. Mucha gente gritaba:

—¡Aleluya!

—¡Gloria a Dios!

Al contrario de toda la gente, Maxuel pensó:

‹‹Padre, perdónalos, porque no saben lo que dicen.››

—Gobernando el estado, tendré más influencia para hacer la obra de Dios.

‹‹Quieres decir: "gobernando el estado, voy a lograr más dinero, poder e influencia. Y quizás un día dispute la presidencia de Brasil." Es patético. Tengo ganas de levantarme y gritar: "¡Aquí es una iglesia, no una tribuna política! ¡Sal de aquí! ¡Mentiroso!" Pero ya noté que la gente aquí quiere oír lo que él está diciendo. Si me levantase, sería expulsado de la iglesia como alguien poseído por el demonio. Ya he oído lo suficiente. No lo soporto más.››

Maxuel se levantó de su banco, fue hacia la parte de tras de la iglesia y se fue.

Al día siguiente, el pastor José llamó a Maxuel en el móvil. Él estaba en casa, jugando un videojuego en la sala. Él dijo:

—Hola, pastor.

—Hola, Maxuel. ¿Qué tal?

—Estoy bien, ¿y el señor?

—También estoy bien. Te llamé para saber, ¿por qué has salido de la iglesia antes del fin del servicio?

‹‹¡Dios mío! Pensé que me había ido sin que nadie percibiese, pero me equivoqué.››

Él respondió en tono calmo:

—Pastor, para mí, el servicio terminó cuando invitaste al político para el púlpito.

José sonrió y dijo:

—Vale. No le gusta la política.

—En realidad, me gusta, pero no me gusta involucrar la política con la religión. Desde el tiempo de Jesús, esta es una combinación peligrosa y pecaminosa.

‹‹Ya lo he dicho en otras ocasiones. Pero creo que él

espera que haya cambiado mi opinión.››

—Comprendo tu punto de vista y lo respeto.

Maxuel pensó aliviado:

‹‹Gracias a Dios, él no empezará una discusión.››

—Muchas gracias, pastor.

—Además de eso, ¿todo está bien contigo?

—Sí.

—Gracias a Dios por eso. Si necesitas algo o necesitas hablar, puedes contar conmigo.

—Vale. El señor es un excelente pastor.

—Siempre cuido de mi rebaño.

‹‹Él tiene razón. Siempre que alguien necesita ayuda con algo, él siempre está disponible.››

—Gracias por tu dedicación.

—Maxuel, ¿te veo en el próximo servicio?

—¡Por supuesto! Haré lo mejor que pueda para estar allá.

—Estaré esperándote.

—Hasta pronto.

Ellos colgaron y Maxuel continuó jugando el videojuego.

Días después, Maxuel estaba en otro servicio. Otro

pastor estaba predicando. Un hombre negro en la mediana edad estaba en el púlpito. Él dijo en tono energético:

—¡Hay gente en la iglesia viviendo en pecado! Ellos están lejos de los caminos de Dios.

Una gente en la iglesia gritó:

—¡Qué Dios tenga misericordia de nosotros!

Maxuel pensó:

‹‹Sé lo que estas palabras significan. Él hará una cosa terrible. Él expondrá la vida de la gente.››

El pastor continuó en el mismo tono:

—Sé que unas parejas de novios están haciendo sexo. Ellos se están deshonrando. ¡El sexo es para el matrimonio!

‹‹Pastor, por favor, pare con eso. No necesitas exponer a nadie.››

—No quiero decir nombres, pero es gente con cargos en nuestra iglesia.

‹‹Ni precisa decir los nombres porque todos saben quiénes son las parejas con cargos en la iglesia.››

Maxuel miró alrededor y vio a una joven llorando con las manos en la faz.

‹‹El pastor debe estar feliz porque logró lo que deseaba. Él expuso a una persona a toda la iglesia. Y ella está llorando, avergonzada.››

Él continuó:

— Todos saben lo que pasa cuando la gente vive en pecado. Unos miembros de la iglesia recuerdan de un caso pasado.

‹‹Dios, perdóname, pero está difícil frecuentar los servicios. Cada vez hay algo errado. Él hablará de la pareja de novios que la muchacha se embarazó, y ellos se casaron inmediatamente. Parece que este pastor tiene orgullo al hablar la historia. Él siempre enfatiza que no quería celebrar el matrimonio, y lo hizo por consideración a las familias de la pareja. Él ya contó esa historia muchas veces. Estoy cansado de oír.››

El pastor contó la historia como Maxuel había pensado. Durante la historia, Maxuel pensó:

‹‹Parece que el pastor no aprendió lo que Jesús dijo sobre el perdón. En la historia de la mujer sorprendida en adulterio[6]. Jesús dijo que solamente aquellos que no tenían pecado podrían apedrear aquella mujer, y todos se

---

[6] Juan 8:1-11

fueron porque eran pecadores. En realidad, toda la gente es pecadora delante de Dios, ninguno de nosotros puede juzgar a los otros. Pero él no lo aprendió durante su vida.››

Después de la historia, el pastor dijo en tono serio:

—La iglesia de Dios no puede aceptar ninguna clase de pecado. Todo aquel que pecar debe ser expuesto para su propia vergüenza.

‹‹Acabas de pecar, pastor. Has mentido. No aceptas los pecados de unos miembros, más específicamente los pecados de los miembros pobres. Pero los pecados de los miembros ricos, los acepta y ni siquiera los menciona. La familia Silva vive en el mismo pecado que estás hablando. La pareja no está casada, pero viven juntos como marido y mujer, y nunca les expone sus pecados. En vez de eso, eres un amigo cercano. Creo que sus ojos no pueden ver el pecado debido al brillo de la mansión y del coche lujoso.››

El pastor continuó predicando contra el pecado como si fuera un ejemplo de perfección. Maxuel oyó todo, pero no hubo impacto sobre él.

...

Maxuel se sintió decepcionado y sin esperanza en nadie en la iglesia. Mismo así, él tenía fe en Dios. Él sabía que la referencia no podría ser el comportamiento de la gente, sino la palabra de Dios.

Además de los servicios, Maxuel estaba siempre estudiando textos bíblicos y viendo muchos videos de predicaciones de pastores que él consideraba buenos.

Días después

Maxuel fue a otra iglesia buscando una alternativa a su iglesia actual.

Él observó todo. El comportamiento de los miembros, las canciones, el pastor, etc.

En la hora de la predicación, un joven blanco subió al púlpito. Él dijo:

—Vamos a abrir nuestras biblias en el libro de Mateo, capítulo veinticuatro, versos cuarenta y dos hasta cincuenta y uno.

Él miró hacia todos y notó que habían encontrado el texto. Él leyó:

—»Por lo tanto, manténganse despiertos, porque no saben qué día vendrá su Señor. Pero entiendan esto: Si un dueño de casa supiera a qué hora de la noche va a llegar el ladrón, se mantendría despierto para no dejarlo forzar la entrada. Por eso también ustedes deben estar preparados, porque el Hijo del hombre vendrá cuando menos lo esperen. »¿Quién es el siervo fiel y prudente a quien su señor ha dejado encargado de los sirvientes para darles la comida a su debido tiempo? *Dichoso el siervo cuando su señor, al regresar, lo encuentra cumpliendo con su deber. Les aseguro que lo pondrá a cargo de todos sus bienes. Pero ¿qué tal si ese siervo malo se pone a pensar: "Mi señor se está demorando", y luego comienza a golpear a sus compañeros, y a comer y beber con los borrachos? El día en que el siervo menos lo espere y a la hora menos pensada el señor volverá. Lo castigará severamente y le impondrá la condena que reciben los hipócritas. Y habrá llanto y rechinar de dientes.

—En este texto, Jesús habla con sus discípulos del tiempo en el cual él regresará. No es una fecha señalada en el calendario. Jesús dijo que nadie sabe cuándo será, todos necesitan quedarse despiertos. Significa que todos necesitan vivir una vida justa, lejos de los pecados y de las cosas incorrectas.

‹‹¡Gracias a Dios! Una buena predicación.››

—Jesús dijo que todos deben estar listos para ese día. Él compara nuestras vidas cómo un siervo de un señor. Este siervo está encargado de las cosas de su señor, y él debe cuidar de todo. Jesús nos puso en el comando de muchas cosas, y debemos preocuparnos por ellas. Debemos vivir conforme su palabra y predicar el evangelio para aquellos que no lo conocen. Jesús espera encontrarnos entre los siervos fieles.

El hombre predicó sobre muchos deberes y responsabilidades cristianas. Él también predicó sobre seguir el camino correcto y la dedicación al Reino de Dios.

Maxuel quedó sorprendido con aquella predicación. Hacía mucho tiempo que no estaba tan impactado. Él pensó:

‹‹Dios, necesitamos más pastores como este. Él es genial y habla conforme tu palabra.››

Después del fin de la predicación, Maxuel fue al baño. Él estaba en una cabina de inodoro arreglando su ropa. Dos hombres entraron en el baño. Uno de ellos dijo en tono serio:

—Esta predicación ha sido genial. —En seguida dijo en tono irónico: —Para aquellos que conocen el predicador.

Ellos rieron y el otro hombre dijo:

—Él habló de muchas cosas interesantes, es una pena que él no las pueda aplicar en su vida.

—Mi novia es su hermana, y ella dijo que él nunca lee la biblia ni tiene interés en nada sobre el Reino de Dios. Él se queda jugando en el móvil todo el día.

—No sé por qué el pastor permite que él predique. Creo que es el peor miembro de la iglesia.

El otro hombre dijo en tono serio:

—Sé por qué el pastor lo permite. Su padre es el más grande contribuyente de la iglesia. Es como un cambio de favores.

El otro dijo en tono triste:

—Estoy quedando cansado de esas cosas en la iglesia. Parece que nadie se compromete con la verdad. Todo es politiquería, hipocresía, favores.

—Parece que ellos no creen en lo que predican.

‹‹Dios, retiro lo que he dicho. No necesitamos de pastores como aquello.››

Maxuel quedó triste con lo que oyó. Aquello que predicó un buen mensaje vivía lejos de lo que decía. Y no era la primera vez que él sabía de algo así...

Después de unos días, Maxuel estaba en otro servicio en su iglesia. En esa vez, no era uno de los pastores que estaba predicando, era un miembro de la iglesia, invitado por el pastor. Este miembro era un hombre negro en la mediana edad. Él dijo en tono calmo:

—Hermanos y hermanas, vamos a abrir nuestras biblias en la primera carta de Timoteo, capítulo dos, versos nueve y diez.

Él esperó que los miembros encontrasen el texto y lo leyó:

—En cuanto a las mujeres, quiero que ellas se vistan decorosamente, con modestia y recato, sin peinados ostentosos, ni oro, ni perlas ni vestidos costosos. Que se adornen más bien con buenas obras, como corresponde a mujeres que profesan servir a Dios.

Maxuel pensó:

«Creo que sé lo que él va a decir. Él es la única persona que aún habla acerca de eso.»

Él dijo:

—La instrucción de la palabra de Dios es clara y directa. Las mujeres deben vestirse modestamente, con recato y decoro. Pero, ¿qué el escritor quiere decir con esas palabras? ¿Cuáles son sus usos en nuestros días? Contaré una historia acerca de ropa y mujeres.

Maxuel pensó desanimado:

‹‹Una historia de los viejos tiempos.››

—Tengo cincuenta años y vi unos cambios en la sociedad. Las mujeres no se vestían como hoy. Eran mujeres discretas. Usted no veía el tipo de ropa que usted ve hoy. Las mujeres vestían solamente ropa suelta. Eran mujeres decentes. El tiempo pasó, y año tras año, la ropa disminuyó el tamaño y, además de eso, la ropa está más justa. Hoy, las mujeres andan en las calles casi desnudas, con micro camisas y shorts. Ellas no se respetan. Parece que toda mujer quiere ser deseada por los hombres.

El hombre continuó hablando de ropa femenina por mucho tiempo. Maxuel se cansó de ese asunto.

Después del servicio, Maxuel caminaba hacia su casa. Una joven negra lo acompañaba. Él dijo:

—A su hermano le gusta hablar del estilo de vestir, principalmente del estilo femenino.

Ella suspiró y dijo en tono nervioso:

—¡Él es ridículo!

—¡Dios mío! Pareces muy enfadada.

—¡Él siempre tiene ese falso moralismo! —Ella continuó en el mismo tono—. Él no se importa con la decencia de las mujeres. Él lo dijo porque no puede controlarse.

Maxuel quedó sorprendido:

—¿Cómo es?

—Maxuel, ¿qué sientes cuándo miras hacia una mujer con ropa más justa?

—Ganas de continuar mirando —él dijo un poco incomodado.

Ella sonrió y dijo:

—No necesitas tener vergüenza, eres hombre, y los hombres lo hacen. Y mi hermano no es diferente.

—Entonces, ¿cuál es el problema?

—El problema es que mi hermano culpa a las mujeres por su comportamiento. ¡Y él es un sinvergüenza! Si él ve a una mujer hermosa, él se queda mirándola por mucho tiempo. Un día, estaba regresando a mi casa en autobús y pasé cerca de un sitio donde la gente corre y camina. Lo vi andando, y cuando vio a una mujer corriendo con pantalones ajustados, él paró, giró y se quedó mirando. Y esta no ha sido la única cosa que él hizo. Otro día, invité a una amiga de la facultad para ir a la iglesia, y ella vino con un vestido largo y más justo. Mi hermano predicó el tiempo mirándola. Si él fuera soltero, iba a ser raro y pecado. Pero él está casado. Es aún más pecado y repugnante.

Maxuel estaba asustado con sus palabras. Él pensó:

‹‹Dios, sé que no soy el modelo de hombre en esas cuestiones. Pero siento que estoy mejor que él. Por lo menos estoy soltero.››

—No sé lo que decir.

—Pero yo sé. ¡Él es un hipócrita y mentiroso! —Ella dijo nerviosamente.

Maxuel dijo en tono calmo:

—No quedes nerviosa con él. Él es solo un hombre. Tenemos que mirar hacia el perfecto, Jesús.

—Lo sé. Pero es asqueroso. La persona sube al púlpito y dice muchas cosas. Pero vive el opuesto.

—Sé lo que sientes. Lo sentí muchas veces.

—¿En serio? Pensé que era la única.

—Esté segura de que hay mucha gente como nosotros. Mucha gente está cansada de mentiras e hipocresía. También pensé en dejar la iglesia y buscar otra.

—¿Y por qué no lo hice?

—Creo que todas las iglesias tienen el mismo problema. Porque todas son comandadas por la gente.

—Entonces, ¿qué podemos hacer?

—Siempre podemos pedir la ayuda a Dios. Podemos pedirle sabiduría para lidiar con todas las situaciones y la gente. Él danos generosamente.

Ella se admiró de sus palabras:

—No sabía que era tan sabio.

—Tenemos que ser sabios cuando vivimos entre mentirosos.

Ella sonrió y dijo:

—Creo que tenemos mucho en común.

—Queremos la verdad, pero la verdad está quedando más rara a cada día…

Acerca del autor

Rafael Henrique dos Santos Lima

Grado asociado en Administración y M.B.A. en Gestión Estratégica de Proyectos en el Centro Universitario UNA. Cristiano por la gracia de Dios. Amante de la escritura (español, inglés, portugués), poeta y novelista.

Contactos

rafael50001@hotmail.com

rafaelhsts@gmail.com

Blog: escritorrafaellima.blogspot.com

Agradecimiento

Los sitios abajo contienen una gran cantidad de información y conocimientos útiles para la escritura del libro.

Behind the Name

Google Docs

Google España

Google Translator

Language Tool

RAE

Spanish checker

Agradezco al sitio Freepik y al autor Prakasit John Khuansuwan (JohnStocker) por la imagen base de la portada.

Agradecimiento especial

Agradezco a Dios. Él me dio la inteligencia para escribir el libro.